S. 604.

LE
MARIAGE
DE RIEN
COMEDIE

A ANVERS,

Chez Nicolas Raillot.

M. DC. LXIV.

A MESSIRE
CHARLES TESTV
CONSEILLER DV ROY EN
son Conseil d'Estat , Maistre d'Hostel ordinaire
de S. M. Chevalier & Capitaine du Guet de
Paris.

MONSIEVR,

L'approbation que vous avez donnée au Rien que ie vous presente, me donne lieu d'esperer que vous le receurés avec autant de bonté, que si c'estoit quelque chose, & que la lecture que vous en ferez ne destruira pas l'estime que la representation vous en a fait conceuoir. Ce n'est pas, MONSIEVR, que faisant reflection sur la parfaite connoissance que vo⁹ avez de toutes sortes d'ouurages, ie n'eusse perdu l'envie de vous consacrer mon coup d'essay, si ie n'auois

EPISTRE.

confideré en même temps , que vous n'a-
vez pas moins d'indulgence pour en ex-
cuſer les defauts , que de facilité à les
connoiſtre ; & que m'obſtinant à vouloir vous offrir quelque choſe digne de
vous , ie me mettois au hazard de ne vo'
dôner iamais de preuves de mon reſpect.
Si toute la France n'étoit perſuadée que
la netteté de voſtre eſprit égale l'éclat de
voſtre Illuſtre Naiſſance , & que la
prudence que vous avez touſiours fait
remarquer dans l'adminiſtration d'une
charge auſſi glorieuſe pour vous, qu'vtile
pour le public , ne peut recevoir de com-
paraiſon ſans perdre de ſon luſtre , ie
m'efforcerois d'en inſtruire ceux qui en
pourroient douter , exagerant les rares
qualitez dont vous eſtes avantageuſe-
ment pourveu , mais comme il n'eſt pas
neceſſaire d'avoir tous ces avantages ,

EPISTRE.

qui sont conneus de tout le Monde, pour meriter vn Ouvrage qui vaut si peu, il me seroit inutile & méme dangereux de l'entreprendre, ie passeray donc ces choses sous silence, pour vous protester que i'estimeray mõ bon-heur sans pareil, si vo⁹ estes assez prodigue d'estime pour en donner à RIEN, & si ce RIEN que ie vous offre avec toute sorte de respect, me peut faire obtenir la grace de medire,

MONSIEUR,

Vostre tres-humble & tres-obeyssant serviteur,
IACOB Advocat en Parlement.

ACTEVRS

LE DOCTEVR.

ISABELLE Fille du Docteur.

LISANDRE.

LE POETE

LE PEINTRE.　　(Amans

LE MVSICIEN.　　　(d'ifa-

LE CAPITAN.　　　(belle.

L'ASTROLOGVE.

LE MEDECIN.

BEATRIX fuivante d'ifabelle.

LE
MARIAGE
DE RIEN

SCENE PREMIERE.

LISANDRE *seul.*

IE voy des-ja briller l'Aurore,
Et ie n'apperçois point encore
Celle qui doit bien-tost icy
Finir, ou croistre mon soucy,
Cette paresseuse suivante,
A mon humeur impatiente,
Fait souffrir vn rude tourment,
Elle me doit en ce moment
Instruire de ce qu'il faut faire,
Pour me faire agreer du pere,
De celle de qui les tresors
Me charment bien plus que le corps :
Puis qu'en épousant cette fille

Vnique dedans sa famille,
Ie deviens riche d'indigent;
Car enfin il faut de l'argent,
Dans ce maudit siecle où nous sommes;
Pour estre bien venu des hommes,
Et qui n'en a point n'est qu'vn sot,
Mais Beatrix paroist.

SCENE II.

LISANDRE, BEATRIX.

LISANDRE.

Vn mot,
Et bien, vois-tu quelque apparence
A nostre future alliance?
Et pourray-ie par ton moyen....

BEATRIX.

Ma foy ie n'y connois plus rien,
Ma Maistresse se desespere,
Parce que le Docteur son pere
Trouve des deffauts en tous ceux
Qui luy font offre de leurs feux;
De fous, d'ignorans il les traitte,
Ie crois que c'est vne defaite,
Et que méme tant qu'il vivra,
Iamais il ne la mariera,

De

De peur de dégarnir fa bourfe ,
Que c'eft l'origine & la fource
De tout le mépris qu'il fait d'eux.

LISANDRE.

Helas ! que ie fuis mal-heureux ,
Ne fçaurois-ie par quelque adreffe
Gaigner le cœur de ta maiftreffe ?

BEATRIX.

Croyez-moy , ie le fçay fort bien,
Cela ne ferviroit de rien ,
Vous n'avez autre chofe à faire
Qu'à tafcher de plaire à fon pere ,
Et lors qu'il y confentira ,
Ie fçay bien qu'elle le voudra ,
Car ie crois s'il n'y remedie
Si bien-toft il ne la marie ,
Qu'on la verra mourir d'ennuys ,
Elle pleure toutes les nuits ,
Et craint fi-fort de mourir fille,
Et de voir manquer fa famille ,
Que cette crainte , de fes iours
Pourroit bien avancer le cours
Mais il faut que ie me retire
Le Docteur vient.

LISANDRE.

Quoy , fans m'inftruire
Vn mot de converfation.

BEATRIX.

Songez à quelque invention.
Quelque rufe , quelque artifice ,
Pour paroiftre à fes yeux fans vice ,
Si vous trouvez , comme il le faut ,
Vn art fans tache & fans defaut ,
S'il n'y trouve rien à reprendre ,
Soyez certain d'eftre fon gendre.

LISANDRE.

Ie vay de ce pas y songer,
Tasche tousiours à m'obliger.

SCENE III.

LE DOCTEVR, ISABELLE.

ISABELLE.

Nfin vous voulez donc, mon pere,
Voir tousiours durer ma misere,
Et iamais ne me marier?

LE DOCTEVR,

C'est que ie veux bien m'alier.

ISABELLE.

Qui que ce soit qui se presente,
Vostre humeur n'est iamais contente,

LE DOCTEVR.

Mais toy, de qui la passion,
Appete la conionction.
Et le lien du mariage,
Sçais-tu bien quel en est l'ouvrage ?
Connois-tu quel en est le fruit ?
Sçais-tu quels enfans il produit ?
Apprens que les haines mortelles,
Les contentions, les querelles,
Les debats, la dissention,

Le mépris, & l'aversion,
En sont les effets & la suitte,
Les hommes grands & de conduite
Tels que fut autrefois Platon,
Lactance, Epicure, Ariston,
Quintilien, Anaxagore,
Draco, Lucresse, Pitagore,
Estans sur ce point en debat,
Ont tous loüé le Celibat,
Socrate homme sçavantissime,
Consulté sur cette maxime
A dit, que qui se mariera
Tost ou tard s'en repentira.

ISABELLE.

Mais il en est, de qui les charmes
Loing de nous causer des alarmes,
Des plaintes des soûpirs des pleurs
Sont remplis de mille douceurs.

LE DOCTEVR.

Faire aux sçavans vn tel outrage !
Des douceurs dans le mariage !
Avec qui donc cette douceur ?

ISABELLE.

Le soldat seroit ?

LE DOCTEVR.

Querelleur.

ISABELLE.   Le Noble ?

LE DOCTEVR.

Plein de fourberies.

ISABELLE.

L'Historien.

LE DOCTEVR.

De menteries,

ISABELLE.

Le Iuge.

B 2

LE DOCTEVR.
De feverité.
ISABELLE·

L'interprete.

LE DOCTEVR.
D'obfcurité.

Les Devins   De forceleries.

Le Poëte   Plein de refveries.

Le Rhetoricien.   Flatteur.

L'homme d'affaire.   Grand parleur.

Le Legiflateur.   Sans conduitte.

Le Particulier.   Hypocrite.

L'Aftronome   Sera trompeur.

L'Apoticaire   Empoifonneur.

Le Philofophe   Sophiftique.

Et l'Alchimifte   Chimerique.

L'Aftrologue   Sera forcier.

Le Marchand   Trompeur, vfurier.

Le Chaffeur   Sera fanguinaire.

Le Notaire   Sera fauſſaire.

Et le Medecin   Meurtrier.

ISABELLE.
A qui doncques me marier ?
Le vieux.

LE DOCTEVR.
Sera faſcheux , avare.
Incommodé , ialoux , bizare.
ISABELLE.
Le ieune eſtant plein de ſanté ?
LE DOCTEVR.
Ce ne ſera qu'vn eſventé.
Bref quel que ſoit ce futur gendre ,
I'y trouve toûiours à reprendre.
ISABELLE.
Mais s'il s'en trouve vn comme il faut,
Et que vous trouviez ſans defaut ,
Le refuſeriez-vous encore ?
LE DOCTEVR.
Par les ſciences que i'adore ,
Par les manes des grands Docteurs ,
Qui furent des arts inventeurs ,
Par le pere de la doctrine ,
Dont i'ay tiré mon origine ,
S'il s'en trouve vn tel auiourd'huy
Tu ſeras coniointe avec luy.
Pour multiplier ma famille.

SCENE IV.

LE POETE, LE DOCTEVR,

ISABELLE.

LE POETE.

Harmé des yeux de voſtre fille,
Auſquels on ne peut reſiſter,
Ie viés icy me preſenter
Pour voir ſi i'oſerois pretédre
A l'honneur d'étre vôtre gendre.

LE DOCTEVR à ſa fille.

Ma fille, voicy bien ton fait.

ISABELLE.

Cet homme n'eſt pas trop bien fait,
Mais de Peur d'en eſtre fruſtrée,
Et de n'eſtre point mariée,
Ie n'oſerois dire que non.

LE DOCTEVR.

Quelle eſt voſtre vacation ?

LE POETE.

Ah ! ſi l'on peut par cette voye
Iouïr d'vne ſi belle proye,
Ie ſuis aſſeuré d'eſtre heureux.

LE DOCTEVR.

Enfin dites-moy.....

LE POETE.

Ie le veux,
Elle eſt ſi noble & ſi ſçavante,
Si parfaite & ſi fort charmante,
Si digne de gloire & d'honneur,
Si pleine d'vne noble ardeur,
Qu'aucune ne peut avec elle
Entrer iamais en paralelle.

LE DOCTEVR.

Mais enfin ſçachons donc ſon nom.

LE POETE.

Sçachez que l'occupation,
Qui plaiſt ſeule à ma fantaſie,
Eſt la charmante Poëſie.
Pour vous en faire concevoir
Et l'excellence & le pouvoir,
Ie pourrois dire que les Princes
Dans les plus fameuſes Provinces
Ont ſouvent fait baſtir des lieux
Magnifiques, induſtrieux,
Des theâtres, des edifices,
Faits avec beaucoup d'artifices,
Pour voir les effets merveilleux
De cét art deſcendu des Cieux,
Que iamais la Philoſophie,
La Muſique & l'Aſtronomie,
Les Medecins les Harangueurs
N'ont ioüy de tous ces honneurs,
Que dedans le milieu des ruës,
Les Poëtes ont eu des ſtatuës,
Que les Oracles ſe ſervoient
De ce bel art qu'ils approuvoient,
Que cet art eſt fort ordinaire

Au blond Phœbus qui nous éclaire,
Aussi-bien qu'au reste des Dieux,
Que les neuf Muses en tous lieux
De tout temps furent reverées,
Et par les doctes adorées,
Mais comme vous n'ignorez pas
Sa puissance ny ses appas,
I'employe en vain mon éloquence
A vous en dire l'excellence,
Et croy que dés ce mesme iour
Vous approuverez mon amour.

LE DOCTEVR.

Donc parce que vous estes Poëte,
Vous tenez cette affaire faite?
Sans considerer que ces mots

Delectant carmina stultos.

Sortis de la bouche de Poëtes
Plus veritables que vous n'estes,
Blasment vostre temerité

LE POETE.

Cet art......

LE DOCTEVR.

Cet art fut inventé,
Plus pour tromper & pour seduire
Les mortels que pour les instruire,
Et c'est le plus pernicieux,
Qu'on ait inventé sous les Cieux,
A cause de l'effronterie,
Dont il déduit sa menterie.

LE POETE.

Sçachez......

LE DOCTEVR.

C'est aussi de tous temps
Que les Poëtes sont partisans,

Des

Des grands mensonges que vous faites
Ce qui fait que l'on dit des Poëtes
Qui furent iadis & qui sont,

Semper mendacia fingunt.

LE POETE.

Mais permetez que ie vous die.....

LE DOCTEVR.

C'est à cause de leur folie,
Qu'on dit que tout leur est permis,

Pictoribus, atque Poëtis, (testas.

Qualibet audendi semper fuit æqua po-

LE POETE.

Mais.....

LE DOCTEVR.

Les Lacedemoniens,
Ainsi que les Atheniens,
Bannissoient ces maudites pestes,
Comme à tous les Estats funestes,
Allegeans que la probité,
L'innocence, & la verité,
Ne pouvans estre avec le vice,
Doivent estre sans artifice,
Par ces mots on nous l'a coté,

Verum non indiget Arte.

LE POETE.

Quoy, vous ne voulez point m'entendre ?

LE DOCTEVR.

Ie ne veux point de fou pour gendre.

LE POETE.

Cet homme pour iuger si mal,
D'vn art qui n'eut iamais d'egal,

Est pour son trop peu de lumiere,
Indigne d'estre mon Beau pere.

LE DOCTEVR *à sa fille.*

Et bien ?

LE POETE.

Helas ! i'aurois iuré
Qu'il devoit estre rembarré,
Ah ! que si vous pouviez comprendre,
Combien en réfusant ce Gendre
Vous perdrez plus que ie ne perds,
Il avoit fait pour vous des vers,
Sonnets Madrigaux, Epigrammes,
Poémes, Epiques, Anagrames.
Sixains, Quatrains, Stances, Dixains,
Mais ce qui choque mes desseins
Et qui touche le plus mon ame,
Il eust fait nostre Epitalame.

LE DOCTEVR.

Va, ne t'afflige plus ainsi,
Vn autre s'approche d'icy,
Ce sera pour toy, ie le iure.

ISABELLE.

Gardez-vous bien d'estre pariure.

Qu'on à
A cause de
Dont il dé

Sçachez....

Que les Poëtes

SCENE V.

LE PEINTRE, LE DOCTEVR,

ISABELLE.

LE PEINTRE.

Erois-ie bien aſſez heureux
Pour obtenir ſelon mes vœux,
L'honneur d'épouſer voſtre fille?
Et d'entrer dans voſtre famille?
LE DOCTEVR.
Peut-eſtre, qu'eſtes-vous?
LE PEINTRE.
Ie ſuis

L'Autheur des ouvrages finis,
Et le ſinge de la nature,
I'excelle dedans la peinture,
Et ſi ie pouvois animer
Tous les corps que ie ſçay former,
Ie ſuis certain que la peinture
L'emporteroit ſur la nature.
LE DOCTEVR.
Ie croy cela facilement,
Puiſqu'on pourroit fort aiſément,

C 2

Suppofant vn fi, fans merveille.
Vous mettre dans yne bouteille.

LE PEINTRE.

De tous les Ouvrages divers,
Il n'en eft point dans l'vnivers
Que ie ne vous faffe paraiftre,
Par ce bel art où ie fuis maiftre,
Ie fçay d'vn feul coup de pinceau
Former vn vifage plus beau
Que tous ceux qu'on voit fur la terre
Ie fçay dépeindre le tonnerre,
La foudre le iour, les efclairs
Les beftes, les plantes, les airs
Le foleil levant, les nuages,
Les embrazemens, les ravages,
Les hommes, l'entre-iour & nuit,
Les herbes, les fleurs & le fruit,
Les triomphes, la paix, la guerre,
L'eau, le feu, le Ciel & la Terre
Bref pour achever mon portrait
Et le rendre encor plus parfait
Sçachez qu'Alcidor l'on m'appelle,
Que ie fuis defcendu d'Apelle,
Celuy qu'Alexandre le Grand
Efleva dans vn fi haut rang,
A caufe de fon excellence.
Ainfi mon art & ma naiffance
(Loin de me faire rebuter)
Vous obligent de m'accepter.

LE DOCTEVR.

Sçachez, Monfieur que l'on appelle
Alcidor defcendu d'Apelle.
Que ie tiens pour fort ignorant
Que ie fuis docteur doctorant,
Que les fciences de mes peres

Sont dans noftre race ordinaires
Et de tous temps de noftre eftoc
Que le doctorat nous eft hoc
Dés le ventre de noftre mere
Puifqu'il nous eft hereditaire
Et que ie dois ayant l'honneur

D'étre *per naturam* Docteur.

Rechercher avec foin vn Gendre
Sur qui l'on n'ait rien à reprendre,
Qu'on me mettroit au rang des fous
Si ie m'abaiffois iufqu'à vous,
Car qui dit Peintre dit fantafque
De quelque air que voftre art fe mafque
Qui dit Peintre dit glorieux
Gueux yvrongne capricieux,

Atqui cette belle alliance

Outre vn yvrogne d'importance
Me donneroit de plus vn gueux
Vn arrogant vn glorieux,
Vn homme remply de caprices
Qui n'excelle que dans les vices

Ergo ie conclus & promets

Propter iftas rationes

Que vous ne ferez point mon gendre
LE PEINTRE.

Mais......

LE DOCTEVR.
Mais allez vous faire pendre.

LE PEINTRE *fort.*

Cet homme eft fans doute infenfé,

Bien plus que ie n'avois pensé.

LE DOCTEVR.

Vn Peintre dedans ma famille ?

ISABELLE.

Il faut donc que ie meure fille ?
Qui voudra plus se presenter ?
Ah ! par ma foy i'en veux taster.

LE DOCTEVR.

Ma fille, tenir ce langage ?

ISABELLE.

Ie veux dire du mariage,
Quand mon pere y consentira.

LE DOCTEVR.

Bien-tost vn autre s'offrira.

ISABELLE.

Vous obstinant d'estre sans gendre
La vieillesse viendroit me prendre,
Et l'on ne voudroit plus de moy.

LE DOCTEVR.

Va, celuy-cy sera pour toy.

SCENE VI.

LE MVSICIEN, LE DOCTEVR.

ISABELLE.

LE MVSICIEN.

Ourriez-vous refuser de prendre
L'Arion du siecle pour gendre !

ISABELLE *à part.*

Cet homme parle de bon sens.

LE MVSICIEN.

Ie suis l'Orphée de ce temps,
Ie charme les sens i'extasie
Avec bien plus de melodie,
Que Polimnestre, qu'Algion,
Enfin ie suis Musicien,
Non pas Musicien vulgaire.
Puisque celuy qui nous éclaire,
Me cede l'honneur auiourd'huy
De mieux symphonifer que luv,
Et que ie suis par mon adresse
Vnique dedans mon espece,
Ie sçay bien rendre les raisons,
Des intervalles & des sons.

De leurs genres & des parties
Qui composent les symphonies,
Entre ceux qu'on oyoit souvent
Se mesler de cet art sçavant
On pourroit nommer Thimotée,
Neron Auguste, Ptolomée,
Mais tous ces gens là sur ma foy,
Ne sont que des sots prés demoy,
Et pour en donner asseurance,
Pour bannir vostre defiance,
Et vous le bien certifier,
Ie veux d'vn plat de mon mestier
Regaler icy vos oreilles
Vous allez oüir des merveilles.

LE DOCTEVR *à part.*

Les gens de ce maudit mestier
Se font d'ordinaire prier
Par ceux qui les veulent entendre,
Deux heures avant que se rendre,
Et ne cessent d'importuner,
Ceux qui voudroient souvent donner
De l'argent pour les faire taire.

LE MVSICIEN.

C'est vn air que ie viens de faire.

Il chante, & pourfuit apres avoir
(chanté.

Et bien Docteur, que vous en semble ?
A-t'on iamais conioint ensemble,
Si-bien, si methodiquement
La voix avecque l'instrument

Si vous aimez la symphonie,
Voftre ame doit eftre ravie,
Comment donc, vous ne dites rien,
Eftes-vous fourd ? ah ! ie voy bien
Que cette douce melodie,
Vous tranfporte & vous extafie,
Mais vous eftant comme ie vois
Iufqu'à l'vfage de la voix,
Ie la fupprime tout à l'heure,
Pour dire qu'il faut que ie meure
Si vous ne gueriffez mon mal,
Par le nœud matrimonial.
Quoy donc vous changez de vifage ?

LE DOCTEVR.

C'eft moins de plaifir que de rage,
De voir qu'vn homme de neant
Pretend fi temerairement
Avoir ma fille en mariage.

LE MVSICIEN.

Vous ne fçavez pas l'advantage.

LE DOCTEVR.

Ie fçay que tous les Muficiens
Sont des faineans, des vauriens,
Des effeminez inhabiles
A toutes les chofes vtiles,
Que de tout temps chez les Perfans
Ils eftoient au rang des plaifans,
Des difeurs de boufonneries,
De Fables, & de menteries,
Des Boufons & des Bafteleurs,
Outre qu'ils ont eu ces honneurs,
Ie fçay qu'en chaque Republique,
Les inventeurs de la mufique
N'aprrochoient point des gens bien nez
Parceque ces effeminez.

Corrompoient toute leur ieunesse,
Par leur chant, & par leur mollesse,
Et que l'illustre Orphée est mort
Pour avoir transporté si fort
Les esprits des hommes de Thrace,
Qu'il avoit rendus tous de glace,
Que les femmes de ce pays,
Par l'extase de leurs maris,
Ne pouvans plus trouver leur conte,
Ardantes d'amour & de honte
Tuerent de leurs propres mains
Ce grand enchanteur des Humains,
Et que rien n'est plus inutile
Que la musique en vne Ville.
Suivez donc des conseils meilleurs,
Et cherchez des partis ailleurs.

LE MVSICIEN.

Quoy, refuser mon aliance ?

LE DOCTEVR.

Allez, sortez de ma presence.

LE MVSICIEN.

Ie vay sur ce suiet boufon,
De ce pas faire vne Chanson.

ISABELLE.

Helas, que ce refus me picque
Il m'auroit montré la musique,
I'aurois appris en mesme temps
A bien toucher des instrumens
I'aurois connu la tablature,
I'aurois sçeu battre la mesure.
Mais pour mon malheur ie voy bien,
Que ie ne sçauray jamais rien.

LE DOCTEVR.

Dans le dessein que i'ay de prendre,
Vn honneste homme pour mon gendre,

Ie le veux bien examiner,
Avant que de te le donner.

ISABELLE.

Moy, i'ay toufiours entendu dire
Que qui choifit tant, prend le pire,

LE DOCTEVR.

Ma fille a raifon fur ma foy,
Le premier fera donc pour toy.

ISABELLE.

Comme les autres.

LE DOCTEVR.

Sois certaine.

SCENE VII.

LE CAPITAN, LE DOCTEVR.

ISABELLE.

LE CAPITAN.

Octeur, fçavez-vous qui m'amene?

LE DOCTEVR.

Non.

LE CAPITAN.

Sçachez que c'eft à deffein
D'eftre voftre gendre demain,
Que l'amour en ce lieu m'envoye,
Pourveu que cét excez de ioye

D 2

Ne cauſe pas voſtre trépas;
Car enfin ie ne voudrois pas
Que l'honneur que ie vous veux faire
Couſtaſt la vie à mon beau-pere.

LE DOCTEVR.

Qu'eſtes-vous ?

LE CAPITAN.

Ventre, qui ie ſuis?
Docteur, r'aſſemblez vos eſprits,
Pour taſcher à le bien comprendre,

LE DOCTEVR à ſa fille.

Autre fou.

ISABELLE.

Mais il faut l'entendre
Avant que de iuger de luy.

LE CAPITAN.

Ie ſuis du deſordre l'appuy,
Ie ſuis partiſan du carnage,
Et quand ie veux par mon courage,
Ie finis des mortels le ſort,
Et ſuis ſubſtitut de la mort,
Rien ne m'oſe faire la guerre,
Et ſi l'on voit loing de la terre
Le Ciel, c'eſt Docteur de l'effroy,
Que ſes Habitans ont de moy,
Le grand Iupin dés mon enfance,
Redoutant deſia ma puiſſance
Me ioüa d'vn fort mauvais tour
Qu'il me payera quelque iour,
Ce fut le maquereau celeſte
Qui fut le miniſtre du reſte
En ſommeillant ie fus ietté
Au milieu du fleuve Lethé,
C'eſtoit afin que ma memoire

Né paruſt iamais dans l'hiſtoire ,
A ce que du depuis ie ſçeus ,
Ie m'en tiray comme ie peus ,
Et par des efforts incroyables ,
Ie fis enrager tous les Diables
Ie donnay cent coups à Pluton ,
Ie rompis la barque à Carron ,
Ie mis en fuite Radamante ,
Et dans mon humeur fulminante
Tout l'enfer fut par moy veincu ,
Ié fis meſme Pluton cocu.
Enſuitte ie revins au monde
Montrer ma valeur ſans ſeconde ,
Où i'ay ſeul par mes grands effors ,
Remply l'Enfer de plus de mots , \
Que les trois Parques eſtonnées
N'ont pû trancher de deſtinées ,
Et ſi leurs rigoureux effors ,
L'avoient remply de plus de mors ,
Des Parques meſmes eſtonnées ,
I'aurois tranché leurs deſtinées ,
Ie ſuis veinqueur le plus ſouvent
Sans expoſer flamberge au vent ,
Car d'vn regard ie mets ſans doute
Vne armée entiere en déroute ,
Tous les livres que l'on a faits ,
Ne parlent que de mes hauts faits ,
Mais ſous des noms qu'on a dû feindre
Les Autheurs ont ſçeu les dépeindre ,
De peur qu'eſtans trop valeureux ,
Ils ne paruſſent fabuleux ,
Ie ſuis Hector dans la Troade ,
Achile dedans l'Iliade ,
Dans Seneque ie ſuis Iaſon
Qui fut conqueſter la Toyſon ,

Ie suis Iupiter dans la fable,
Le Héros dans Robert le Diable.
Dedans Daviti Tamerlan,
Dedans l'Arioste Rolan,
Dans le Titelive Romule,
Dans l'Image des Dieux Hercule,
Dans Rabelais Gargantua,
Et Belzebut dans Agrippa.
Tout ce que l'on met dans leur vie,
Est de la mienne vne partie,
L'effroy de mon nom glorieux
S'est semé iusques dans les Cieux,
Les Dieux tremblent en ma presence
Et si l'amour a l'asseurance
De ne pas m'éviter comme eux,
C'est à cause qu'il n'a point d'yeux
Quoy que tout cede à mon courage,
I'vse peu de cet avantage,
Ie laisse les Palais aux Roys,
Les autres maisons aux Bourgeois.
Ie laisse aux Bergers les chaumieres,
Les spelonques aux bestes fieres,
Car i'ay (l'on ne le peut nier)
L'enfer pour cave & Pour grenier
Le Ciel environné d'Estoilles,
La Terre pour lit & les voiles
Que la nuit répand sur les eaux,
En sont le Ciel & les ridiaux,
Leurs pilliers les poles du monde,
Et les creux abysmes du monde.
Me servent de pot à pisser.

LE DOCTEVR.

I'en réponds s'il vient à casser,

LE CAPITAN.

I'ay pour chevet la pointe aiguë

Des Rochers qui touchent la nuë,
Les feüilles me servent de draps,
L'herbe me sert de matelas,
La Lune me sert de chandelle,
Vous en riez belle Isabelle,
Ce discours vous plaist que ie croy
Docteur, depeschez dites-moy,
Me recevez-vous pas pour gendre

LE DOCTEVR.

Ie serois assez fou pour prendre
Pour mon Gendre le roy des fous,

LE CAPITAN.

Par la ventre que dités-vous ?

à Isabelle.

Si vous n'estes pas ma maistresse,
Fussiez-vous autant que Lucrece,
Ie sçay bien ce que ie feray,

ISABELLE.

Quoy donc ?

LE CAPITAN.

Ie vous tarquineray,
Docteur si ie n'ay vostre fille,
Si ie n'entre en vostre famille,
Encor vne fois ie feray,
Ventre !

LE DOCTEVR.

Quoy ?

LE CAPITAN.

Ie m'en passeray.

LE DOCTEVR.

Ie crains bien que vostre impudence
Ne mette à bout ma patience.

LE CAPITAN.

Quoy, vous me refusez aussi ?

LE DOCTEVR.

Si vous ne deſlogez d'icy.....

LE CAPITAN.

Par bieu ce bon-homme eſt colere,
Et bien il ne m'importe guere
Car malgré tout voſtre couroux,
Ma foy ie me moquois de vous.

Il ſort.

ISABELLE.

C'eſt en vain que chaçun s'empreſſe
De vouloir finir ma triſteſſe
Puiſque vous les rebutez tous.

LE DOCTEVR.

Veux-tu que i'accepte des fous ?

ISABELLE.

Ils ſont tous fous à voſtre conte,
Voſtre humeur eſt vn peu trop prompte
Si vous n'aviez point rebuté
Ce dernier qui s'eſt preſenté,
Il vous euſt fait cherir des Princes,
Il vous euſt conquis des Provinces,
Il vous auroit fait reſpecter.

LE DOCTEVR.

Mais ie voulois le rebuter.

ISABELLE.

Mais quand feray-ie mariée ?

LE DOCTEVR.

Ce ſera dés cette iournée,
Vn autre s'approche d'icy,

ISABELLE.

Vous l'allez rebuter auſſi.

LE DOCTEVR.

C'eſt celuy-cy que ie veux prendre.

ISABEL.

ISABELLE.

Puis qu'il doit estre vostre gendre,
Accomplissez donc son desir,
Qu'il m'épouse à vostre loisir,
Vous l'examinerez ensuitte.

LE DOCTEVR.

Ie veux connoistre son merite,
Avant qu'en faire ton espoux.

ISABELLE.

Il le va mettre au rang des fous,
Mais escoutons leur dialogue.

SCENE. VIII.

L'ASTROLOGVE, LE DOCTEVR.

ISABELLE.

L'ASTROLOGVE.

Oudriez-vous d'vn Astrologue,
Pour l'appuy de vostre maison,
Si vous ne manquez de raison,
Ie suis seur d'estre vostre gendre,
Quand ie vo⁹ auray fait comprendre
Que mon art est si merveilleux,
Qu'il n'a pour objet que les Cieux.

E

Pour lire dans les destinées.
Les evenemens des années ;
Ie ne consulte que les Cieux
Les Astres espars sont mes Dieux ;
Et i'ay la celeste influence
Pour principe de ma science

LE DOCTEVR.

Oüy l'Astrologue en effet
Est vn art divin & parfait.
Et dedans le siecle où nous sommes ;
Il se rencontre si peu d'hommes
Qui sçachent en bien discourir ,
Qu'on doit extrémement cherir ;
Ceux à qui la toute puissance
En a donné la connoissance

ISABELLE.

Faut-il toucher dedans la main
Quand m'epoüsera-t'il ?

LE DOCTEVR.
Demain

ISABELLE.

Pourquoy differer d'avantage
Concluez nostre mariage ,
Le plustost vaut tousiours le mieux,

L'ASTROLOGVE

I'ay par cet art industrieux
Du sort des mortels connoissance ,
Ie predis aux vns leur naissance ,
Leurs contentemens leurs santez
Leurs bon-heurs & leurs dignitez
Leurs biens la longueur de leur vie
La douceur dont elle est suivie
Leurs victoires & leurs honneurs
Aux autres leur mort leurs malheurs
Leurs déplaisirs leurs maladies

Leurs affronts leurs ignominies,
La perte des biens des honneurs
Des enfans leurs maux leurs langueurs
Bref le plaifir ou le defaftre
Selon l'afcendant de chaque Aftre,
Ie ne diray point que Craffus,
Cæfar, Neron, Dejotarus,
Iulien l'Apoftat, Decie,
Ont tous aimé l'Aftrologie,
Qu'ils portoient honneur fingulier
A ceux de ce fçavant meftier,
Puis qu'enfin il eft trop illuftre
Pour vouloir tirer d'eux fon luftre,
Et que l'efclat que i'aurois d'eux
Ne pourroit pas me rendre heureux.

    LE DOCTEVR.

Puifque vous fçavez chaque chofe,
Permettez que ie vous propofe
Quatre mots, afin de bien voir
Iufqu'où s'eftend voftre fçavoir.

    L'ASTROLOGVE.

Dites, c'eft ce que ie demande,
Plus la queftion fera grande,
Plus elle aura d'obfcurité,
Et plus par ma fubtilité,
Ie vous feray voir & comprendre
Quel homme vous avez pour gendre,
Lors que vous m'aurez accepté

    LE DOCTEVR.

Elle a fort peu d'ofcurité,
Mais puifque voftre complaifance
Me veut donner cette affeurance,
Ie voudrois, mais affeurément,
Sçavoir fi dedans ce moment
Vous pourrez avoir l'advantage

D'avoir ma fille en mariage.

L'ASTROLOGVE.

La belle propofition !
Cette fantafque queftion
Paffe mon art & ma fcience,
Puis qu'enfin noftre connoiffance
Ne va point iufqu'aux volontez.

LE DOCTEVR.

Vous ne le fçavez pas ; fortez,
Portez ailleurs voftre fcience,
Voftre art & voftre connoiffance,
Vous ne meritez pas l'honneur
D'eftre le gendre d'vn Docteur.

L'ASTROLOGVE.

Eft-il au monde vne fcience
Qui puiffe fçavoir ce qu'on penfe ?
Certes ce fecret merveilleux
Ne peut eftre commun qu'aux Dieux.

ISABELLE.

Efcoutez-le avec patience,

LE DOCTEVR.

Quelle peut eftre fa fcience ?
Puis qu'il ne connoift pas fon fort,
En ce qui le touche fi fort,
Il nous dit que cette fcience
Luy fait avoir la connoiffance
Du fort des mortels, de leurs maux,
De leur gloire, de leurs travaux,
Et de toutes leurs advantures,
Mais ce font autant d'impoftures,
Pourroit-il faire pour autruy
Ce qu'il ne peut faire pour luy ?

L'ASTROLOGVE.

Puifque tu refufes de prendre
Vn Aftrologue pour ton gendre,

Pour le prix de ta queſtion,
Eſcoute ma prediction,
Dedans l'an mil ſix cens ſoixante
Tu mourras de mort violente,
Ta fille dont ie ne veux point,
Peut ſans ſe tromper d'vn ſeul point
Dés maintenant eſtre aſſeurée
De n'eſtre iamais mariée.

ISABELLE.

Helas !

L'ASTROLOGVE.

Si comme on peut changer,
Elle evite vn ſi grand danger,
Puiſque tu n'as pas voulu prendre
Quelque ſçavant homme pour gendre
Pour ton mal-heur & pour le ſien,
Ton gendre ſera.....

LE DOCTEVR.

Quoy donc ?

L'ASTROLOGVE.

Rien

Il ſort.

LE DOCTEVR.

Que ce dernier a de folie !

ISABELLE.

Quelle funeſte prophetie !

LE DOCTEVR.

Ne me diras-tu point encor
Qu'en le refuſant i'ay grand tort ?

ISABELLE.

Ie dis que qui refuſe muſe,
Que ie ſuis la dupe & la buſe,
Et vous l'ennemy de mon bien,
Et que ie n'eſpere plus rien.

Pourquoy faut-il que sa science
Me fasse faire penitence.
Et souffrir des maux si cuisans ?
Ceux qui disent que les enfans
Portent par des loix necessaires
Les iniquitez de leurs peres ,
L'on dit avec grande raison.

LE DOCTEVR.

Vn Astrologue en ma maison ?
Ces gens sont remplis d'imposture ,

ISABELLE.

Il m'eust dit ma bonne advanture ,
Ah , que cette prediction
Va croistre mon affliction.

LE DOCTEVR.

C'est par hazard quand il rencontre,
Mais vn autre desia se montre.

SCENE IX

LE MEDECIN, LE DOCTEVR,
ISABELLE.

LE MEDECIN.

Ans doute vous ne rebutez,
Tous ceux qui se font presentez,
Que pour me faire voftre gendre,
I'ay peu de peine à le comprendre,
Docteur vous avez fort bien fait,

Car *Doctor Doctorem decet.*

LE DOCTEVR.

Que cet homme a mauvaise mine,

LE MEDECIN.

Ie suis Docteur en medecine,
Et de ce bel art fectateur,
Dont Esculape fut autheur
Tout ce que sçavoit Hypocrate
Paraxagore, Herosiftrate,
Avifcenne, Serapion,
Galien & Themifion,
N'approche point de ma fcience,
Et la parfaite connoissance

Que i'ay de tous les vegetaux
Fait que ie gueris tous les maux
Ie ſçay guerir l'epilepſie.
La colique, la cacquectie,
L'hydropiſie, les abſcez,
Les fiévres & tous leurs accez ;
La migraine, la plureſie,
Le pourpre, la paraliſie
L'accidentelle ſurdité
Les douleurs de dents, de coſté
Le cancer, ainſi que l'vlcere,
Le mal de cœur, le mal de mere ;
De teſte, de iambes de dos,

Necnon morbos Venereos.

Enfin......

LE DOCTEVR.

Dites ie vous ſupplie,
En avez-vous pour la folie ?

LE MEDECIN.

Non, ce mal ne ſe peut guerir.

LE DOCTEVR.

Prenez donc garde d'en mourir.

LE MEDECIN.

Apprens pedanteſque critique
De qui la ſotte politique
T'a dû rendre qualifié
Du nom d'homme ſtultifié,
Et qui me taxes de folie,
Qu'il n'eſt aucune maladie,
Qui ne puſt abreger nos iours ;
Sans cét art & ſans ſon ſecours,
Qu'il n'eſt rien de ſi neceſſaire
Par tout où le Soleil éclaire
Que cet art a touſiours eſté

Omñ

Omni præstantior Arte.

Que sans l'aide des medecines
Des herbes, des fleurs, des racines,
Syrops, bolus emulsions.
Trochisques miels, decoctions
Poudres diatris vomitoires,
Colloquinte masticatoires,
Camphre cassonnade agaric,
Scamnonnée, sené mastic
Iuiubes manes capilaires,
Turbith rheubarbe electuaire,
Casse ialap & tamaris.

Totus succumberet orbis.

Et que.....

LE DOCTEVR.

Sçachez Docteur de bale,
Que c'est en vain que l'on m'estale
Les effets de cet art maudit,
Que i'en sçay plus que l'on n'en dit,
Et que ie tiens la medecine
Plus à craindre que la famine
Que la peste le feu ny l'eau,
Qu'elle en met plus dans le tombeau
Que toutes ces choses ensemble.
Qu'il n'est point d'art qui luy ressemble,
De plus que qui dit Medecin
Dit putrefait, dit assassin,
Sale meurtrier homicide,
Homme de sang humain avide
Homme ennemy de la santé
Amy de la mortalité :
Et qu'estant resolu de prendre
Vn homme de bien pour mon gendre

Ie ferois contre mon deſſein
Si ie prenois vn Medecin.

LE MEDECIN.

Quoy donc......

LE DOCTEVR.

Allez ailleurs vous plaindre
Ou vous apprendrez à me craindre.

LE MEDECIN.

Toy de qui le raiſonnement
Mépriſe temerairement,
Et cét art & ſon excellence,
Pour punir ton extravagance
Veüillent les Dieux qu'vn Medecin
Soit dedans peu ton aſſaſſin.

LE DOCTEVR.

Pour vn ſouhait auſſi funeſte,
Veüillent tous les Dieux que la peſte
Puiſſe ſecondant mon deſſein,
T'eſtoufer, & ſans Medecin.

ISABELLE.

Il faut donc malgré mon envie
Que ie paſſe toute ma vie
Sans avoir pû me marier ?

LE DOCTEVR.

De peur de me meſallier,
Ie ſouhaitte & veux que le gendre,
Que pour toy i'ay deſſein de prendre
Soit ſi charmant & ſi parfait,
Soit ſi fort ſelon mon ſouhait,
Si digne que chacun l'admire,
Que ſur luy l'on n'ait rien à dire.

ISABELLE.

Ah ! ſi vous aviez pû ſouffrir
Le dernier qui vient de s'offrir,
Il euſt employé ſa ſcience,

Et la parfaite connoissance
Qu'il a de tous les vegetaux ,
Pour me guerir de tous mes maux ;
Mais helas !

SCENE X.

LISANDRE , LE DOCTEVR.

ISABELLE , BEATRIX.

LE DOCTEVR.

Nautre s'advance ,
ISABELLE.
I'en conçois bien peu d'espe-
rance ,
Helas ! s'il prenoit cet amant,
Que i'aurois de ravissement ,
Mais c'est en vain que ie l'es-
pere.
LISANDRE.
Voudriez-vous estre mon beau-pere ?

F 2

ISABELLE.

Ah Beatrix , qu'il eſt charmant ,
S'il le refuſe , aſſeurément.

LE DOCTEVR.

Qu'eſtes-vous ?

ISABELLE.

I'en perdray la vie.

LISANDRE.

Pour ſatisfaire à voſtre envie.
Ie ne ſuis ny rhetoricien ,
Ny Peintre ny Muſicien ,
Ie ne ſuis point dialectique ,
Temeraire ny politique ,
Ie ne ſuis Devin ny Ioüeur ,
Ny Medecin ny Harangueur ,
Ie ne ſuis indigent ny Riche ,
Ie ne ſuis Liberal ny Chiche ,
Ny Financier ny Magiſtrat ,
Ie ne gouverne point l'Eſtat ,
Car peut-on eſtre quoy qu'on die ,
Rhetoricien ſans flatterie.
Poëte ſans avoir l'eſprit creux ,
Peintre ſans eſtre yvrogne ou gueux
Peut-on eſtre dialectique ,
Sans ignorer quelque rubrique ?
Il n'eſt point de vacation
Exempte d'imperfection ,
Eſt-on marchand ſans tromperie ?
Eſt-il vn devin ſans magie ?
Vn ioüeur ſans eſtre blaſmé ?
Eſt-il vn Medecin aymé !
Eſt-on Riche ſans faſcherie ?
Indigent ſans ignominie ?
De plus ſans prodigalité ,
A-t'on la liberalité ?

Eſt-on puiſſant ſans iniuſtice ?
Œconome ſans avarice ?
Eſt-on ſans peine Magiſtrat ?
Eſt-on ſans carnage ſoldat ?
Financier ſans inquietude ?
Aſtrologue avec certitude ?
Ignorant ſans preſomption ?
Intereſſé ſans paſſion,
Sans eſtre ſcelerat ou traiſtre.

                    LE DOCTEVR.
Que diable pouvez-vous donc eſtre

                    LISANDRE.
Sçachez que ie ſuis ſans defaut.

                    ISABELLE.
Ah ! voicy homme qui vous faut,
Il ne voudroit pas vous le dire,
S'il n'eſtoit vray.

                    LE DOCTEVR.
                    Ie veux m'inſtruire
S'il ne m'impoſe point ? & bien
Qu'eſtes-vous donc ?

                    LISANDRE.
                    Ie ne ſuis rien,
Et n'eſtant rien, ſans iniuſtice
On ne peut m'impûter de vice

    LE DOCTEVR   *à part.*
Que diable peut-on dire à rien ?

                    LISANDRE.
Ie vous dy de moy plus de bien,
Que ie ne vous en pourrois dire,
Si i'eſtois maiſtre d'vn empire,
En vous diſant mes faits divers,
Puiſque l'autheur de l'vnivers
De rien produiſit chaque choſe,

Ainſi quoy que l'on ſe propoſe,
On ne peut dire que du bien
D'vn homme qui dit qu'il n'eſt rien.

LE DOCTEVR.

Ce rien me ſurprend & m'eſtonne,

ISABELLE.

En effet ſa raiſon eſt bonne,
On ne peut dire que du bien
D'vn homme qui dit qu'il n'eſt rien.

LISANDRE.

Et pour vous le faire comprendre
Qu'eſt-il de plus grand qu'Alexandre ?
Rien ; de plus ſage que Caton ?
Rien ; de plus docte que Platon ?
Rien ; de plus beau que l'artifice ?
Rien ? de plus grand que la iuſtice ?
Rien ; de plus vaſte que les Cieux ?
Rien ; de plus parfait que les Dieux ?

ISABELLE.

Rien ; de plus heureux qu'vne vie
D'vn bon mariage ſuivie.

LISANDRE.

Rien ; c'eſt pourquoy vous voyez bien
Qu'il n'eſt rien de plus grand que rien.

ISABELLE.

C'eſt par là que la Prophetie
De l'Aſtrologue eſt accomplie.

LE DOCTEVR.

Moy qui croyois venir à bout
De répondre à tous & ſur tout,
Ie voy que quoy que ie propoſe,
Loin de répondre à chaque choſe,
Ie ne ſçaurois répondre à rien,
Puis qu'il n'eſt rien ie voy fort bien
Qu'on ne luy peut ſans iniuſtice

Imputer ny defaut, ny vice,
Trouverrois-ie bien le moyen
De dire quelque chose à rien?
Mais non il ne m'est pas possible
Cette entreprise est trop penible,
I'entreprendrois sur les esprits
Dont nous lisons les beaux écrits,
Puisqu'il est certain qu'Vripide,
Sophocle, Homere, Thucidide,
Diogenes, Tertulien,
Herodote, Quintilien,
Accurse, Bale, Theodose,
Ont tous parlé de quelque chose
Et pas vn n'a parlé de rien.
C'est pourquoy ce premier moyen
Ne fournit point de quoy répondre,
Toutesfois si pour le confondre,
Au defaut de quelqu'Ancien,
Me voilà plus surpris de rien,
Que quatres autres de quelque chose;
Car enfin sur ce qu'il propose,
Toute ma science se pert,
Et cet homme m'a pris sans vert,
Plus ie songe à ce nouveau gendre,
Moins ie voy par où me defendre
De m'acquitter de mon serment,
Le Ciel le veut asseurément.
L'Astrologue l'a sçeu predire,
Rien... sur rien ie n'ay rien à dire.
Allez ie vous veux rendre heureux,
Et vous avez selon vos vœux
Demain ma fille en mariage;
Aussi-bien mon serment m'engage.

             LISANDRE.

Que ne vous dois-ie point?

I'ay pourtant esté le plus fin.

à Isabelle

Serez-vous à mes vœux contraire?

ISABELLE.

Ie veux tout ce que veut mon pere.

LE DOCTEVR.

Rentrons, vous autres fongez bien
A ce que vous direz de Rien.

FIN.

www.ingramcontent.com/pod-product-compliance
Lightning Source LLC
Chambersburg PA
CBHW061712180626
46818CB00003B/1366